清·馮煦修 魏家驊等纂 張德霈續纂

鳳陽府志

十八册

黄山書社

人物傳 忠節上

鳳郡自漢壽春梅福沛國陳咸棄官於新莽時勁節孤忠尚矣及晉嵇侍中端冕衛主桓太常流涕誓師千載之下風標凛然此淮陽忠義所由興起也我 朝咸同間粤寇撚匪苗練之亂或舉義旗以清妖孽或執干戈以衛鄉閭身殞名存具著於篇其尟事實者則詳列姓氏於下篇云

述忠節

漢梅福字子眞壽春人少學長安明尙書穀梁春秋爲郡文學補南昌尉後去官歸數因縣道上言變事求假軺傳詣行在所

光緒鳳陽府志卷十八中之上

條對急政王氏寖盛災異數見福上書曰臣聞箕子佯狂於殷而爲周陳洪範叔孫通遯秦歸漢制作儀品夫叔孫先非不忠也箕子非疏其家而畔親也不可爲言也昔高祖納善若不及從諫若轉圜聽言不求其能舉功不考其素陳平起於亡命而爲謀主韓信拔於行陳而建上將故天下之士雲合歸漢爭進奇異知者竭其策愚者盡其慮勇士極其節怯夫勉其死合天下之知并天下之威是以舉秦如鴻毛取楚若拾遺此高祖所以無敵於天下也孝文皇帝起於代谷非有周召之師伊呂之佐也循高祖之法加以恭儉當此之時天下幾平繇是言之循高祖之法則治不循則亂何者秦爲亡道削仲尼之迹滅周公

之軌壞井田除五等禮廢樂崩王道不通故欲行王道者莫能致其功也孝武皇帝好忠諫說至言出爵不待廉茂慶賜不須顯功是以天下布衣各厲志竭精以赴闕廷自衒鬻者不可勝數漢家得賢於此爲盛使孝武皇帝聽用其計升平可致於是積尸暴骨快心胡越故淮南王安緣間而起所以計慮不成而謀議泄者以衆賢聚於本朝故其大臣埶陵不敢和從也方今布衣廼窺國家之隙見間而起者蜀郡是也及山陽亡徒蘇令之羣蹈藉名都大郡求黨與索隨和而亡逃匿之意此皆輕量大臣亡所畏忌國家之權輕故匹夫欲與上爭衡也士者國之重器得士則重失士則輕詩云濟濟多士文王以寧廟堂之義

非草茅所當言也臣誠恐身塗野草尸并卒伍故數上書求見輒報罷臣聞齊桓之時有以九九見者桓公不逆欲以致大也今臣所言非特九九也陛下距臣者三矣此天下士所以不至也昔秦武王好力任鄙叩關自鬻繆公行伯繇余歸德今欲致天下之士民有上書求見者輒使詣尚書問其所言言可采取者秩以升斗之祿賜以一束之帛若此則天下之士發憤懣吐忠言嘉謀日聞於上天下條貫國家表裏爛然可睹矣夫以四海之廣士民之數能言之類至衆多也然其儁傑指世陳政言成文章質之先聖而不繆施之當世合時務若此者亦無幾人故爵祿束帛者天下之底石高祖所以厲世摩鈍也孔子曰工

欲善其事必先利其器至秦則不然張誹謗之罔以爲漢敺除倒持泰阿授楚其柄故誠能勿失其柄天下雖有不順莫敢觸其鋒此孝武皇帝所以辟地建功爲漢世宗也今不循伯者之道迺欲以三代選舉之法取當時之士猶察伯樂之圖求騏驥於市而不可得亦已明矣故高祖棄陳平之過而獲其謀晉文召天王齊桓用其讎亡益於時不顧順逆此所謂伯道者也一色成體謂之純白黑雜合謂之駮欲以湅平之法治暴秦之緒猶以鄉飲酒之禮理軍市也今陛下既不納天下之言又加戮焉夫戴鵲遭害則仁鳥增逝愚者蒙戮則知士深退間者愚民上疏多觸不急之法或下廷尉而死者衆自陽朔以來天下以

言爲諱朝廷尤甚羣臣皆承順上指莫有執正何以明其然也取民所上書陛下之所善試下之廷尉廷尉必曰非所宜言大不敬以此卜之一矣故京兆尹王章資質忠直敢面引廷爭孝元皇帝擢之以厲具臣而矯曲朝及至陛下戮及妻子且惡惡止其身王章非有反畔之辜而殃及家折直士之節結諫臣之舌羣臣皆知其非然不敢爭天下以言爲戒最國家之大患也願陛下循高祖之軌杜亡秦之路數御十月之歌留意亡逸之戒除不急之法下亡諱之詔博覽兼聽謀及疏賤令深者不隱遠者不塞所謂闢四門明四目也且不急之法誹謗之微者也往者不可及來者猶可追方今君命犯而主威奪外戚之權日

以益隆陛下不見其形願察其景建始以來日食地震以率言之三倍春秋水災亡與比數陰盛陽微金鐵爲飛此何景也漢興以來社稷三危呂霍上官皆母后之家也親親之道全之爲右當與之賢師良傅教以忠孝之道今乃尊寵其位授以魁柄使之驕逆至於夷滅此失親親之大者也自霍光之賢不能爲子孫慮故權臣易世則危書曰毋若火始庸庸執陵於君權隆於主然後防之亦亡及已上不納至元始中王莽顓政福一朝棄妻子去漢書本傳

陳咸沛國洨人成哀間以律令爲尚書令王莽擅政多改漢制咸心非之及莽殺何武鮑宣等乃歎曰易稱見幾而作吾可逝矣即去職莽篡位召咸不肎應時三子參豐欽皆在位悉令解官閉門不出入猶用漢家祖臘人問其故咸曰我先人豈知王氏獵乎咸性仁恕常戒子孫曰議法當依於輕雖有百金之利慎無與人重比後漢書陳寵傳

按前漢書陳萬年傳子咸字子康雖亦居沛別是一人

吳樓元字承先沛郡蘄人孫休時爲監農御史孫皓立爲散騎中常侍出爲會稽太守入爲大司農舊禁中主者自用親近人作之皓求忠清之士以應其選遂用元爲宮下鎮禁中候主殿中事元正身率衆應對切直數忤皓意後人誣元與賀邵耳語大笑謗訕政事遂被詰責送付廣州華覈上疏言元忠清恭公

乞赦之以責後效皓疾其名聲復徙元及子據交阯陰勅將張奕令殺之據先病死奕以元賢者不忍殺會奕卒元殯斂奕於器中見勅書便自殺三國志本傳並注

晉稽紹字延祖譙國銍人魏中散大夫康之子也十歲而孤事母孝謹山濤領選啟爲秘書丞人謂其在稠人中如野鶴之在雞羣元康初爲給事黃門侍郎賈謐誅以不阿比封弋陽子惠帝復祚爲侍中齊王冏輔政驕奢滋甚紹以書諫詣冏諮事遇冏燕會冏知紹善絲竹欲令操之左右進琴紹推不受冏曰公匡復社稷當軌物作則垂之於後紹雖虛鄙忝備常伯腰紱冠冕鳴玉殿省豈可操執絲竹以爲伶人之事若釋公服從私宴

所不敢辭也冏大慙冏既誅河間成都二王舉兵向京師紹免爲庶人尋朝廷有北征之役徵復爵位紹以天子蒙塵馳詣行在值王師敗績於蕩陰百官潰散惟紹儼然端冕以身捍衛兵交御輦飛箭雨集遂被害於帝側血濺御服天子深哀歎之及事定左右欲浣衣帝曰此嵇侍中血勿去累贈太尉諡忠穆晉書本傳

桓彝字茂倫譙國龍亢人父顥官至郎中彝早獲盛名雅爲庾亮周顗所重起家州主簿爲丹陽尹有惠政累遷尚書吏部郎明帝將討王敦拜散騎常侍引參密謀及敦平封萬甯縣男尋補宣城內史蘇峻之亂糾合義衆欲赴朝廷長史裨惠以郡兵

寡弱可案甲以須役舉彝厲色曰社稷危偪義無晏安乃遣朱綽討賊別帥於蕪湖破之會朝廷遣司馬流據慈湖爲賊所敗彝以郡無堅城退據廣德王師敗績彝慷慨流涕進屯涇縣州郡多遣使降峻裨惠又勸僞與通和以紓交至之禍彝曰吾受國厚恩義在致死焉能與醜逆通問如其不濟此則命也峻遣韓晃攻之敗彝將俞縱於蘭石因進軍攻彝彝固守經年勢孤力屈城陷爲晃所害賊平追贈廷尉謚曰簡咸安中改贈太常五子温雲豁祕沖晉書本傳

梁裴之橫字如岳壽陽人好賓游重氣俠兄之高以其縱誕乃爲狹被蔬食以激厲之之橫歎曰大丈夫必作百幅被太宗在東宮聞而要之以爲河東王常侍直殿主帥遷直閤將軍侯景亂出爲貞威將軍討景京都陷退還合肥與兄之高同歸元帝隨王僧辯拒侯景於巴陵破之封豫甯侯除吳興太守江陵陷於魏北齊遣兵送貞陽侯蕭淵明來主梁嗣晉安王承制以之橫爲徐州刺史出守蘄城營壘未周而齊軍大至兵盡矢窮遂歿於陳贈侍中司空謚忠壯子鳳寶嗣梁書裴邃傳

裴畿之橫兄之高子也元帝時累官太子右衛率雋州刺史西魏攻陷江陵畿力戰死之梁書裴之高傳

唐夏侯端壽春人高祖微時與相友大業中討賊河東表端爲副義師興史送長安高祖入京師始得釋擢祕書監李密之降

其地未有所屬端請假節招諭乃拜河南道招慰使撫州縣並遣使順附次譙州會亳汴二州已降王世充道塞無所歸討窮彷徨麾下二千人糧盡不忍去端乃殺馬宴大澤中謂衆曰我奉王命義無屈公等持吾首與賊以取富貴衆號泣端欲自刎爭持之乃止行五日餓死十三四世充遣人以淮南郡公少吏部印召端端曰吾天子使寧汙賊官耶因解節毛懷之間道走宜陽歷崖峭榛莽比到其下僅有存者帝憫之復拜秘書監出爲梓州刺史唐書本傳

何武壽春人嘗被誣至州投石自明守釋之未幾寇起武詣守曰此誠畢命之秋也俾領偏裨入縱陽兵潰鬬死萬姓統譜

周憬壽春人與王同皎謀誅武三思須武后靈駕發伏弩射之事洩同皎死憬遯入比干廟自剄將死謂人曰比干古忠臣神而聰明其知我乎韋后三思虐害忠良滅亡不久可竿吾頭國門見其敗也唐書本傳

宋呂由誠壽州人徽宗末知乘氏縣有治績後知集慶府康王移軍濟陽由誠竭力饋餉軍以不乏金兵至城陷不屈死之山東通志宦績

呂文信安豐人仕至武功大夫沿江副使諮議德祐初帥舟師次南康斛林夾白鹿磯與元兵遇戰死贈定遠軍承宣使立廟賜額宋史本傳

姜才濠州人貌短悍隸淮南兵中以善戰名淮多健將然驍勇無踰才德祐元年元兵攻揚州才爲三疊陳敗之三里溝又戰楊子橋日暮兵亂流矢貫肩才拔矢揮刀而前所向辟易元築長圍欲以久困之明年宋亡元遣使持謝太后來諭才發弩射卻未幾瀛國公至瓜洲才與李庭芝泣涕誓將士出奪之將士皆感泣乃盡散金帛犒兵以四萬人夜擣瓜州戰三時元擁瀛國公辟去才進戰至浦子市烏珠使人招之才曰吾豈作降將軍邪益王在福州使召才才與庭芝東至泰州將入海烏珠追而圍之會才疽發背諸將開門降遂被執才肆爲慢言烏珠怒咼之揚州宋史本傳

洪福安豐人夏貴家僮也從貴積勞爲鎮巢雄江左軍統制夏貴以州降元福與子大淵大源同彭元亮結貴帳復之元使貴招福不聽又使其從子往福斬之城久不拔貴僞以單騎至城下紿福福信之門發而伏兵起執福父子屠城中貴泣殺大淵大源呼曰何至舉家爲戮福叱曰以一命報宋朝豈向人求活耶大罵貴不忠以身向南而死宋史姜才傳

鞏信安豐軍人爲荆湖都統沈勇有謀本隸蘇劉義文天祥開督府劉義與信皆之官團練使督府都統制天祥以義士千人付之信曰此輩徒累人耳乃招淮士數千自隨天祥自興國趨永豐元兵追其後信戰於方石嶺中數矢自投崖石死士人非

之顏如生贈淸遠軍承宣使立廟旌之（宋史鄒鳳傳）

金魏全壽州人泰和中宋李爽圍壽州刺史徒單羲募人往斫爽營全在選中爲爽兵所執不屈死贈宣武將軍（宏簡錄）

元張仲仁濠州人讀書尚氣節流寓泗州之賈脅召歸諭安豐死之子順禮繼往諭安豐亦死焉世稱父子完節（元史類編）

明趙德勝濠州人初爲元義兵長太祖取滁陽德勝母在軍中乃棄其妻來從太祖賜之名從克全椒援六合下和州取儀眞授總管府先鋒從渡江下太平敗蠻子海牙破陳兆先下丹陽平甯國轉領軍先鋒擢中翼左副元帥陳友諒犯龍江大敗之於虎口城累功授僉江南行樞密院事守南昌陳友諒大舉圍之環城數匝德勝率諸將死戰且戰且築城壞復完暮坐城樓指揮士卒弩中要膂鏃入六寸拔出之歎曰命也言畢而絶追封梁國公諡武桓列祀功臣廟配享太廟（明史本傳）

常惟德懷遠人官鎮撫戰死鄱陽湖封萬春縣男肖像康郎山功臣廟（明史趙德勝傳功臣表）

常德勝懷遠人官千戶戰死鄱陽湖封懷遠子肖像康郎山功臣廟（明史趙德勝傳功臣表）

花雲懷遠人仗劍謁太祖於臨濠奇其才俾將兵略地所至輒克太祖立行樞密院於太平擢雲院判雲貌偉而黑驍勇絶倫人呼爲黑將軍陳友諒以舟師十萬來寇雲與元帥朱文遜等

結陣迎戰文遜戰死賊攻三日不得入以巨舟乘漲緣舟尾攀堞而上城陷賊縛雲奮身大呼縛盡裂奪刀殺五六人賊怒叢射之至死罵聲益壯年三十有九妻郜氏有一子方三歲事急屬諸家人泣曰今城且破吾夫忠義人必以身死之吾夫死吾必不獨生然不可使花氏無後嬰兒在若等善撫育之雲既被禽郜氏赴水死侍兒孫氏抱兒行爲友諒軍人擄至九江以兒授漁家友諒軍敗孫氏得逸復奪得兒展轉蘆洲間以蓮實哺兒得生洪武元年春達上所孫氏泣抱兒拜上上亦泣寘諸膝曰此將種也兒名煒年十三授虎賁右衛副千戸襲爵雲追封東邱郡侯（明史本傳　宋濂所撰墓銘　李東陽花將軍歌）

茅成定遠人自和從軍克太平授萬戸累功至指揮副使從徐達攻平江焚張士誠戰船士誠出兵成擊敗之奔至外郛中矢死贈東海郡公祀功臣廟（明史本傳）

楊國興定遠人以右翼元帥守宜興擊斬叛將陳保二授神武衛指揮使從征士誠攻閶門戰死（明史茅成傳）

曹良臣安豐人積功封宣甯侯從副將軍李文忠北征至臚朐河收其部落文忠帥良臣等持二十日糧兼程並進追至阿魯渾河敵騎大聚將士皆死戰敵大敗走良臣戰死贈安國公謚忠壯祀功臣廟子泰襲（明史本傳）

常榮懷遠人開平王遇春再從弟從朱亮祖征蜀累官至振武

衛指揮同知張耀者壽州人累功爲指揮使俱以北征戰死命有司各表其墓明史曹良臣傳

孫興祖濠人從太祖渡江積功擢天策衛指揮使沈毅有謀大將軍徐達雅重之守海陵敗吳兵禽彭元帥進大都督府副使移鎮彭城從克元都道燕山六衛以興祖守之領大都督分府事洪武三年帥六衛卒從達出塞次三不刺川遇敵力戰死追封燕山侯謚忠愍子恪襲明史本傳

孫虎壽春人累功爲海甯衛指揮使北征由東道入應昌至落馬河戰死追封康安郡伯明史濮英傳

劉成靈璧人以統兵總管從耿炳文定長興爲永興翼左副元

帥吳兵十萬來攻城中兵僅七千炳文嬰城守成引數十人出西門擊敗之轉至東門遂戰死贈懷遠將軍立廟長興明史桑世傑傳

鄭遇霖濠人太祖下滁州遇霖爲先鋒取鐵佛岡三乂河大柳等寨後攻蕪湖戰死明史鄭遇春傳

李夢庚濠人從太祖渡江典文書佐謀議任行中書省左右司郎中歷大都督府參軍謝再興之守諸全也部將私販易吳境太祖怒殺部將召諭再興命夢庚往諸全總制軍事再興還鎭忿夢庚出己上遂叛執夢庚降於吳夢庚死之明史郭景祥傳

霍輝定遠人從征有功官都督僉事與諸將分道北征猝遇敵卒衆奮擊戰死祔祭功臣廟同邑武尉亦以功至指揮僉事從

徐達征沙漠陳亡贈指揮同知祔祭功臣廟定遠縣志

石柱懷遠人父凝材武敏捷從太祖征戰有功尙郡主柱洪武初充羽林左衛軍有智勇十三年充興武衛小校戰死石氏譜懷遠縣志

劉友仁鳳陽人洪武初積功爲中軍左元帥與陳友諒將趙普勝戰死祭功臣廟鳳陽縣志

鄧遇春壽州人洪武十四年從西平侯沐英征雲南十五年烏蒙芒部畔戰沒石承山寨世襲百戶子則寬則榮占籍湘陰郭嵩燾湘陰圖志氏族表

胡惟孝定遠人明初知樂平縣方國華入寇被執不屈死之一統志江西名宦

郭任定遠人一曰丹徒人建文初官戶部侍郎飲食起居俱在公署時方貶削諸藩任言天下事先本後末今日儲財粟備軍實果何爲者乃北討周南討湘舍其本而末是圖非策也燕王聞而惡之兵起任主調兵食京師失守不屈死之子經亦論死明史卓敬傳國朝乾隆四十一年賜謚烈愍勝朝殉節諸臣錄

王指揮臨淮人失其名常騎小馬軍中號小馬王戰白溝河被重創脫胄付其僕曰以此報家人立馬植戈而死明史瞿能傳國朝乾隆四十一年賜謚烈愍勝朝殉節諸臣錄

胡觀定遠人東川侯海次子尙南康公主爲駙馬都尉靖難兵

起力戰死明史胡海傳

宋瑄定遠人西甯侯晟之子建文時官右衛指揮使與燕師戰靈璧歿於陣明史宋晟傳　國朝乾隆四十一年　賜謚烈愍勝朝殉難諸臣錄

徐輝祖濠人中山王達之子也嗣爵燕兵起命帥師援山東敗燕於齊眉山俄被詔還諸將勢孤遂敗及燕渡江猶引兵力戰燕入京師獨守父祠下吏削爵幽之私第卒萬歷中錄建文忠臣廟祀南都以輝祖爲首贈太師謚忠貞明史徐達傳

何濤鳳陽人從太祖克和州等處皆有功建文時禦燕兵於白溝河被執不屈死弟濟洪武七年授武德衛正千戶以備倭功授指揮僉事旋被傷卒子鑑亦戰死白溝河鳳陽縣志

陶鼎鳳陽人洪武二十一年任雷州衛右所鎮撫巡視陸路兼管海道時有倭寇數十艘揚帆海上將犯郡境鼎肅隊伍備之賊登武郎塲岸鼎馳擊之一鼓合戰手刃數人賊潰回帆而遯數日賊恥其敗泊馬湖塘誘戰鼎出奮烈督軍士攻之竟陷沒廣東通志

謝貴定遠人祖恩以積功爲鎮邊衛指揮僉事貴襲職千戶調河南衛指揮僉事建文初廷議削燕更置守臣乃以張昺爲北平布政使貴爲都指揮並受密詔將執燕王昺庫吏洩之燕王遂得爲備建文元年七月六日朝廷遣逮燕府官校王偽縛官

校置廷中如將付使者紿昺貴入至端禮門爲伏兵所執俱不屈死（定遠縣志）

邱福鳳陽人起卒伍官燕山中護衛千戶靖難師起有大功封淇國公永樂七年以大將軍出塞征本雅失里爲敵間諜所紿馳至臚朐河敗績被害（明史本傳）

李遠懷遠人從燕王入京師累功爲都督僉事封安平侯隨邱福出塞至臚朐河諫福不聽遠帥五百人突陣馬蹶被執死追封莒國公謚忠壯子安嗣伯爵（明史邱福傳）

伍雲定遠人以荆州護衛指揮同知從征交趾賊平調昌江衛仁宗初隨方政討黎利於茶籠深入陷陣死（明史陳洽傳）

陳忠臨淮人累功官指揮同知初爲寬河副千戶以靖難功積官指揮同知坐事戍廣西從征交趾自簡招市舁小舟入江擊黎李犂水寨破之攻都邦城先登論功還故官調交州左衛屢與賊戰有功進都指揮同知黎利寇清化忠戰死仁宗閔之與伍雲皆優卹如制（明史陳洽傳）

柳升懷遠人襲父職爲燕山護衛百戶大小二十餘戰累遷左軍都督僉事永樂初從張輔征交阯破賊魯江斬其帥阮子仁等守鹹子關賊入富良江舟亘十餘里截江立寨陸兵亦數萬人輔將步騎升將水軍夾攻大敗之獲僞尚書阮希周等又敗賊於奇羅海口師還封安遠伯祿千石予世券七年帥舟師巡

海至青州海中大破倭追至金州白山島而還明年從北征至回曲津為前鋒大敗阿魯台追封侯出鎮甯夏討斬叛將馮者闌帖木兒等召還總京營兵復從北征破敵十八年蒲臺妖婦唐賽兒反將京軍剿其寨賽兒偽乞降因遁去追獲其黨百餘人二十年復從北征將中軍破兀良哈於屈裂兒河子世侯帝五出塞升皆從數有功寵待在列侯右仁宗即位命掌右府加太子太傅宣德二年征交阯九月升入隘留關黎利偽為國人上書請立陳氏後緣途據險列柵官軍連破之抵鎮夷關升以賊屢敗輕之至倒馬坡中伏敗歿正統十二年贈融國公謚襄愍子溥襲爵明史本傳

崔聚定遠人累功遷左軍都督僉事宣德初從柳升征交阯升死聚帥軍至昌江殊死鬥被執賊百計降之終不屈死明史柳升傳

周安鳳陽人襲振武衛指揮僉事宣德間從征交阯奮勇深入殺賊數十人賊益眾圍之格鬥死於陳弟讓等十二人俱戰死事聞遣進士王奎諭祭山西通志

魏貞懷遠人以進士官御史從英宗北狩死於土木之難明史王佐傳

朱勇懷遠人東平王能之子歷掌都督府事晉太保從駕至土木戰鷂兒嶺中伏死天順初進封平陰王謚武愍明史朱能傳

宋瑛定遠人西甯侯晟之子尚咸甯公主正統中歷掌左軍前

府事瓦剌也先入寇瑛充總兵官戰陽和歿於陣贈鄖國公謚忠順子傑嗣明史宋晟傳

湯允勣字公讓鳳陽人東甌王和之曾孫爲諸生負才使氣巡撫周忱薦之朝少保于謙詢以古今將畧及兵事應對如響授錦衣千戶通問英宗於沙漠脫脫不花問中朝事慷慨酬答不少屈成化三年擢署都指揮僉事爲延綏東路參將分守孤山堡奏請築城聚糧增兵戍守未報寇大至力疾上馬陷伏死事聞贈祭如例明史湯和傳

劉雄臨淮人憲宗時官四川都指揮僉事剛勁敢戰捕賊漢川生禽七十餘人德陽人趙鐸反追之羅江大水河千戶周鼎傷

雄前救之徑奔賊陳叢刺死贈都指揮同知賜祭予襲明史何洪傳

皇甫斌壽州人先爲興州右屯衛指揮同知調遼海衛宣德五年禦寇至密城東峪自旦至晡力戰矢盡援絕子彌亦戰死詔有司褒卹明史本傳

武興宿州人正統間官漕運總兵戰死景泰時追封山陽伯謚忠毅明史功臣表

邵鑑壽州人官臨安左所百戶正統間征上江刀招罕寨力戰死一統志

周藩宿州人嘉靖戊戌武進士歷任金山游擊與倭戰馬蹶死贈都督僉事封鎮國將軍宿州志

王標壽州人嘉靖間官陽城典史剿賊遇害百姓惜之祀名宦山西通志

高時宿州人官百戶以禦倭死于陳宿州志

張體恒宿州人嘉靖時肄業南雍歸途遇師尚詔之亂陷寇不屈死妻吳氏亦被害宿州志

張永泰字吉夫定遠人正德戊辰進士時有匿名上書請誅劉瑾者瑾疑新進士所爲矯旨盡逮問多不服永泰曰岳武穆不僞視金牌而就死敬君命也跽死午門外瑾既伏法永泰與同死三十有七人乃得褒卹賜葬定遠縣志

戚金定遠人少從伯父繼光軍官守備隨劉綎出關先登升副總兵守古北口轉吳淞防海都禦萬歷末北征失利自刎死定遠縣志

方震孺字孩未桐城人移家壽州萬歷癸丑進士由沙縣知縣入爲御史天啟初疏陳拔本塞源論直聲震朝廷巡視南城中官劉朝等被訟魏忠賢爲請不從卒上聞遼陽破震孺一日十三疏陳兵事慷慨請犒師軍民感悅命爲監軍巡按核軍實稽功罪練士馬日無暇晷王化貞棄廣甯走列城聞之悉遯獨前屯以震孺在得無動御史郭興治誣劾其按遼時贓私魏忠賢素怨震孺誣以咒詛應坐大辟崇禎初釋還流賊犯壽州震孺倡士民固守城獲全史可法上其功用爲嶺西參議後擢右僉

都御史巡撫廣西聞闖賊陷京師慟哭率師勤王馬士英憚之
勒還鎮以憂憤卒 一統志 明史本傳 國朝道光七年 恩准入
祀鄉賢祠 壽州志

朱國相鳳陽人官中都留守崇禎八年獻賊既陷潁州其別部由壽州犯鳳陽鳳陽故無城國相率指揮袁瑞徵呂承蔭郭希聖張鵬翼周時望李郁岳光祚千戶陳宏祖陳其中金龍化等以兵三千逆賊上窰山多斬獲俄賊數萬至矢聚如蝟遂敗國相自刎死餘俱陣歿一時同死者衛指揮陳宏道千戶陳永齡百戶盛可學等四十一人皆鳳陽人 明史尹夢鼇傳 國朝乾隆四十一年朱國相袁瑞徵呂承蔭郭希聖張鵬翼周時望李郁岳光祚陳永齡並 賜謚烈愍陳宏祖陳其中金龍化盛可學蔣思宸並 賜祀忠義祠 勝朝殉節諸臣錄

蔣思宸鳳陽人崇禎六年舉於鄉八年流賊亂聞變投繯死 明史忠義傳

何陛鳳陽諸生崇禎八年遇流賊被執賊欲留之營中陛厲聲曰我諸生也肎事死賊耶遂遇害 鳳陽縣志

李國華鳳陽諸生崇禎八年流賊之亂以罵賊死 鳳陽縣志

蔡世禎鳳陽諸生經明行修不涉外事崇禎八年流賊破鳳陽世禎與妻散遺家衆閉戶自經死 鳳陽縣志

按明史忠義傳言流賊之難鳳陽諸生死者六十六人今

姓名可考者不過數人其他淹滅無傳可勝慨哉

張應徵字賓明定遠人任泰安州同知土冦為亂城陷應徵手刃數人被執罵不絕口死（江南通志）國朝乾隆四十一年賜謚烈愍（勝朝殉節諸臣錄）

陳保山臨淮人以都司守臨淮流賊入境保山禦之力戰於龍平寺死之（江南通志）國朝乾隆四十一年賜謚烈愍（勝朝殉節諸臣錄）

許心亮臨淮人事母至孝明末劉良佐兵叛執心亮問城中虛實心亮抗言多火礮糧餉賊怒縛之樹大罵賊截其兩耳罵益厲遂碎其口死（鳳陽縣志）

海珠臨淮準提閣僧也俗姓何有膽略劉良佐兵攻城月餘眾議奏請解救珠奮往以疏稿藏衣帶中縋城下晝伏夜行三日始出重圍赴闕奏准命閣部史可法諭解臨民賴以全活珠因積勞病卒年二十二（鳳陽縣志）

宋裕德定遠人鄭國公瑛九世孫李自成陷都城殉節死（明史宋晟傳）國朝乾隆四十一年賜謚烈愍（勝朝殉難諸臣錄）

沐天波定遠人黔甯王英十二世孫世嗣黔國公鎮雲南土司沙定洲作亂天波奔永昌亂定復歸於滇桂王由榔入滇天波任職如故已而從奔緬甸緬人欲刼之不屈死初沙定洲之亂母陳氏妻焦氏俱自焚死及奔緬妾夏氏不及從自縊死踰數

十日收葬支體不壞人以爲節義所感云明史沐英傳 國朝乾隆四十一年 賜謚忠節勝朝殉節諸臣錄

沐天澤定遠人黔國公天波弟任都司沙賊叛率兵巷戰被執不屈死雲南通志 國朝乾隆四十一年 賜謚節愍勝朝殉節諸臣錄

蕭頌聖定遠人爲麻城教諭獻賊陷蘄州從督糧參政許文岐殉節明史許文岐傳 國朝乾隆四十一年 賜謚節愍勝朝殉節諸臣錄

柳鳴凰鳳陽人爲安慶訓導流賊破城賊黨有同鄉者欲活之鳴凰曰丈夫受君恩豈肯求活遂遇害其兄鳴鳳曾任徽州訓

導亦隱居不仕鳳陽縣志 國朝乾隆四十一年鳴凰 賜祀忠義祠勝朝殉節諸臣錄

按江南通志鳴凰誤作鳴鳳今從縣志訂正

武一諤宿州人爲徐王壙祀丞流寇犯境一諤謂職司林木當以死護遂同妻路氏闔門殉節江南通志

徐永吉壽州人賊至脅從不屈死江南通志

趙之翰鳳陽舉人流寇入郡力戰殺數人死其子亦被害鳳陽縣志

夏烜宿州貢生天啟間助餉有功授文林郎職甲申之變痛哭自刎死宿州志

單長庚宿州人崇禎間官行營守備南都立國從高傑進兵歸

德傑爲許定國所害長庚與同邑千總潘一鳳力戰死宿州志

劉復生字長卿壽州人世襲壽州衛中所百戶中天啟甲子武解元歷官都督崇禎十六年永城總兵劉超反復生討平之甲申亂爲劉良佐所害壽州志

方元昭鳳陽人流賊犯長淮元昭率鄉勇保於十王城與方綜文方成昭張老鴉父子朱鶴皋兄弟分守決死戰賊敗去合鎮獲全綜文成昭戰死今長淮衛城隍廟有方元昭張老鴉塑像鳳陽縣志 按縣志綜文成昭死後老鴉亦受傷死元昭與老鴉子復敗賊尋得綜文成昭屍葬之是役元昭蓋未死後乃因傷病卒

李開先定遠人豐城侯彬八世孫襲爵李自成陷京師不屈死定遠縣志

陶孔教懷遠歲貢官江都教諭 大清兵至揚州史可法督諸文武分陴拒守孔教與焉城破死之懷遠縣志

王載鴻靈璧諸生崇禎甲申之變與妻曹氏同日自縊墓在雙溝士民祀之題曰雙烈采訪冊

國朝李之實壽州人以歲貢授睢甯訓導順治九年膠寇陷城抗義不屈與教諭王相呂同被害奉 旨贈國子監博士江南通志

汪吉鳳陽人官都司僉書順治十年一隻虎攻遠安總兵鄭四維遣吉往剿遇賊於磨旗坪殲之乘勝進賊設伏來拒方追逐

間伏起布滿山谷血戰至暮突圍不得出馬傷步戰力竭而死
奉 旨世襲雲騎尉 鳳陽縣志

王福定遠人僑寓宣城嘉慶初客江陵值教匪滋事投營効力以功官把總結賊黨歩登元爲內應乘夜殺賊以登元歸旋以追賊中鎗死奉 旨加等議卹廕子雲騎尉世襲恩騎尉 甯國府志

秦攀元宿州庠生嘉慶壬戌十二月教匪滋事知州章鼎都司楊荃皆被害攀元募鄉勇斷浮橋塞河口賊不得渡欲據州署自固明日攀元率鄉勇杜如山營兵趙永浚等直抵州署奪門入戰以衆寡不敵同死大兵至賊殲事聞 贈攀元雲騎

尉世襲永浚如山同祀昭忠祠時同死者鄉勇二人大萬某許添五陳大有周四海陳如玉劉懷信韓明遠劉岳王四曹禮趙四饒玉張四曹向友張甯郭坤曹魁王天才劉志恒饒如玉謝天璧張景太周海王禮高魁三張克儉緱章二十八人營兵熊山曾向友童有年張志邦馬得忠徐得名七人俱祀昭忠祠又有被戕兵丁五人被害鄉民七十七人亦得援死難例入祠配享 宿州志

賈沛壽州人官王莊把總宿州逆匪亂鳳廬道珠隆阿率師剿捕沛爲前鋒面中火鎗不退時賊據州廨沛率數人踰垣賊衆抵拒同入者皆退沛遂遇害事聞 賜葬祭祀昭忠祠世

襲雲騎尉壽州志

胡玉壽州人官宿州城守營把總逆匪亂禦之被害賜
祀昭忠祠世襲雲騎尉後子源清襲以道光初捕盜溺海死壽州志

張永清壽州人官壽春營外委逆匪之亂與買沛同戰死事聞
賜祀昭忠祠世襲雲騎尉壽州志

方鳴高劉倫李洪皆壽州人爲壽春營卒嘉慶十年蒙城逆匪
李潮士作亂隨總兵德成額往剿之歿於陳壽州志

朱滙源字沛臣壽州武舉鳳臺汛把總道光二十二年海疆軍
興調防浙江定海陳亡世襲雲騎尉是役也阜陽汛千總蔣士

洪把總李全福陳文貴李廷揚外委吳廷揚吳廷標劉桂五張
冠甲晏紹周均在定海陳亡壽州志鳳臺縣志

麻勝國壽州人蒙城汛把總咸豐元年在廣西橫頭嶺陳亡又
武生呂廷揚營兵陶長清均出防廣西雙髻山戰死壽州志鳳臺縣志

李錦堂壽州人軍功五品銜咸豐元年調防浙江定海陳亡壽州志

韓映奎壽州武生廬州營把總以調防定海保千總咸豐二年
調防武昌省城陷巷戰死世襲雲騎尉祀湖北省昭忠祠合肥縣志壽州志

萬汝淵字靜泉鳳陽歲貢力學植行負鄉里望嘗罄家財葺縣

學大成殿明倫堂著祠宇多義舉廬鳳兵備道周天爵奇其才

道光間任甯國縣訓導咸豐二年粵匪自鄂犯皖大府檄汝淵與子庠生唐之安慶佐戰守日夜激厲丁壯衆為感泣明年正月城破死之唐亦遇害曹允源淮南雜著

祁永安鳳臺人西洋集汛外委咸豐二年調赴湖北武昌府陳亡兩江忠義錄

張鴻恩壽州人外委署懷遠千總咸豐二年同下蔡外委傅飲和營兵張學端營書隗長清調防湖北蒲圻均陳亡壽州志鳳臺縣志

朱淮源字柳村壽州武舉父殁廬墓道光中署霍邱汛千總捐賑旱災擢六安營守備請以雜款餘銀千兩給兵累官至直隸

游擊帶兵赴河南鹿邑防剿調潁州擊賊陳亡祀昭忠祠世襲雲騎尉壽州志

陳步雲壽州人襲雲騎尉署廬州營都司咸豐三年從江忠源守廬州府城陷死之合肥縣志壽州志鳳臺縣志

余占鼇壽州人撫標千總從江忠源守廬州陳亡壽州志

淩志召定遠舉人歷任直隸知縣病歸咸豐初在籍團練從江忠源守廬州府城陷殉難事聞旌卹定遠縣志

楊金銚壽州武生拔補千總咸豐三年同武生楊淩霄隨征廬州死之楊金銚世襲雲騎尉壽州志

楊德山字依圃懷遠拔貢官潁州府教授咸豐三年在籍率男

堵禦髮賊城陷仰藥死世襲雲騎尉某年歲貢李榮昉殉難
人松倪人棠倪人標兄弟同死潘文友禦賊岫河陳亡懷遠縣志
陳聲培穆傳梓方永弼俱定遠人咸豐三年從知縣郭師泰堵
剿撚匪均陳亡又千總姜士豪在東關督勇戰歿定遠縣兵事志兩江忠義錄

吳廷輝鳳臺貢生咸豐三年募勇從呂賢基剿賊下蔡追賊蔡
家湖遇伏死之鳳臺縣志

牛允淑宿州曹市集人捐資助餉議敘鹽知事咸豐三年同弟
附貢祥淑子監生元福帶練禦髮賊陳亡事聞　旌䘏是
年曹市集人牛品三從李定邦防孫疃集陳亡渦陽縣志

何大何二何三壽州人咸豐三年在亳州兄弟三人及何三之
子何賺闖門死難亳州志

朱昌熙鳳陽臨淮鄉監生道光壬寅歲歉捐糧三百石錢三百
千平糶咸豐三年辦團練禦髮賊殉難是年鳳陽廩生胡于塤
王瑞清附生席國泰李世清汛兵趙魁龍練長王錦監生姜汝
芳姜汝言廩生姜汝璧文生姜汝霖及弟汝嵩又宣長清同子
武生恩詔均率勇助剿與邱金章李三等均陳亡鳳陽縣志

彭登翰王培元徐永清楊育江朝義駢熙管吳鶴齡趙鍾祁戴
陽安金鑾熊玉麟俱鳳陽文生江朝棟王華三趙槃吳廣齡州
鳳陽監生均於咸豐三年城陷殉難鳳陽縣志

周鳳翔周鵬飛蔣鵬飛俱鳳陽武生同軍功任海清等二十七人均於咸豐三年隨官軍剿賊陣亡又時大成黄大喜徐廷立並助剿陣亡（鳳陽縣志）

鄧洛崔兆熙鄧漢俱鳳陽人咸豐三年均各全家殉難（鳳陽縣志）

何開泰字啟之鳳陽進士官湖北武昌知縣咸豐二年隨同克復武昌省城留省差遣四年髪逆犯省城開泰守漢陽門擊賊有功加同知銜是年六月賊擾塘角等處官軍潰省城陷巷戰死之七年　卹贈道銜世襲雲騎尉並准自行捐建專祠（史館鈔錄　鳳陽縣志）

林士鉁字錫臣懷遠舉人湖北同知署黄州府知府咸豐四年留武昌省城監辦兵米髪賊圍城登陴守禦城陷死之世襲雲騎尉祀昭忠祠（懷遠縣志）

王春暄壽州人監生咸豐四年東匪破州家屬閉門自焚春暄集團練擊之匪遁同治初苗逆圍壽堡寨多從賊春暄率團練固守保義集一帶未受苗害春暄之力爲多並令族兄王舟玉成等率練勇助官兵至城陷嘔血死（采訪冊）

鄭連山壽州文生咸豐四年率練隨官軍剿匪與周焜遵得勝李德裕李德山李德亮李士柱均遇害又監生王仲璋同戴家澤率練丁陳虞望戈有等捕捻死之（壽州志）

姚長增壽州人從九品咸豐四年粤賊陷正陽知長增爲練首

悉縛其兄弟殺之一門殉難　旌卹如例並建專祠是年張如桐亦一門殉難壽州志

鄭省成壽州人咸豐四年率練禦髮賊正陽關被害子心餘心廣救父死之又張墉同子紹祥率練巷戰被殺胡紹武偕弟繼武子銘恩侄紹惠毒賊事洩死之壽州志

徐華桂徐華祝徐華三俱壽州人咸豐四年兄弟率練拒髮賊於正陽關均死之壽州志

葛天桂壽州人咸豐四年子應龍率練禦髮賊受傷死天桂及從九葛在中等二十九人闔門被害又時恒治時襄治時武亭趙廷柏均闔門殉難壽州志

王之賓宿州石弓山監生辦團爲撚賊所嫉咸豐四年闔門殉難渦陽縣志

邵保祺懷遠武生咸豐五年同王自成邵長林邵宗周在蒙城南禦捻賊陣亡懷遠縣志蒙城縣志

宋元方鳳臺文生咸豐五年髮逆犯含山在營遇害壽州志

高鳳儀壽州人六品頂翎咸豐五年從僧忠親王剿撚陣亡壽州志

張維正鳳臺人文生張標之子咸豐五年率衆禦髮賊被害鳳臺縣志壽州志

丁大嵐宿州監生咸豐五年同子文銳率衆擊撚賊被執死邵

心福邵維楨亦於是年遇撚南坪被執不屈死監生曠士立闔門自焚死俱同治六年旌宿州志胡華智泰案

陳鳳曉懷遠人首倡團練屢挫撚匪咸豐六年春糧匱練潰被執不屈父子三人同遇害其闔門殉難者文童宋紹殷楊俊卿又六品軍功朱永品練長楊學曾王朝選均於是年禦撚賊陳亡懷遠縣志

宋炳南字伯融懷遠副貢爲人樸厚質實早歲受知於周天爵後益肆力陽明之學生平無疾言遽色人有非意相干笑應之家離城六七里誦讀之餘務農課桑令家人學織每謂人曰爲學首重治生饑寒日迫而能樂志琴書惟賢者能之嘗經書肆

有殘篇斷簡人所不顧者收之久而成帙故雖貧而有奇書丙辰賊陷懷遠旋至馬家湖迫炳南炳南陽應之賊去謂其子曰吾家累代讀書所學何事吾將以一死明志爾止恐辱於賊行又無計可以自存不如其死也遂並縊懷遠縣志

年順行字辰圃懷遠舉人五河訓導工詩善書畫磊落有奇氣咸豐六年率衆在年家湖禦撚死贈國子監學錄世襲雲騎尉是年文生劉鳳鳴同六品銜年振揚年吉禎童生年玉闌年玉書年得强年景修年如李年丹辰年修業均以練總陳亡祀忠義祠懷遠縣志

年懋行字叔勉懷遠文生咸豐六年殉難其子年長康字子用

庠生是年督練禦捻賊湖溝陳亡俱祀忠義祠世襲雲騎尉懷遠縣志

楊千城字擢材懷遠武舉霍邱千總在籍禦捻殉難世襲雲騎尉懷遠縣志

黃坤元字小山壽州附貢咸豐六年任潁上教諭捻逆竄潁坤元與叔父九齡率勇迎剿陳亡世襲雲騎尉壽州志

柏雲章字瑞清壽州人金山營游擊咸豐六年調防定遠擊賊陳亡世襲雲騎尉壽州志

張希愈壽州人咸豐六年出防懷遠陳亡壽州志

李鑑涵壽州人咸豐六年出防巢縣陳亡壽州志

李化龍壽州人把總咸豐六年同書識畢振標防廬州擊髮賊均陳亡壽州志鳳臺縣志

桂映蟾鳳臺人咸豐六年同劉長安率練禦捻陳亡鳳臺縣志

徐艮勤宿州人咸豐六年正月同徐艮聘趙維連鄭習勤禦捻陳亡三月李克宏張方德張立言張立和張學文張坊達張學斯張立評李添詞李添秀陳亡九月監生王仁甫等十二人陳亡十月王志乾王開玲王繼玲王緒玲王志敏王志仁王志泮王興邦陳亡均於同治六年旌卹宿州志

孫希貴宿州人率勇百餘人禦賊小石山幾獲捻首李大喜捻黨圍至壘戰力竭與趙惟堂李艮勤均陳亡於同治六年

旌卹是年吳存章合家殉難宿志

楊在中宿州文生咸豐六年捻賊圍州城同文生宋量三民人丁學戴蔡作新楊開萬李治安路宏量帶勇數千人拒戰苻離均陳亡又文生謝艮楹在煤山文生趙彥博在翟家橋均以擊捻陣亡俱同治六年　旌在中量三艮楹彥博均廕雲騎尉宿州志

葛廷下葛廷彬俱靈璧人咸豐六年在大店集堵禦捻匪陳亡靈璧縣志

張春發字曉園壽州人由武童從軍積功授奇兵營守備保花翎參將防剿滁州咸豐六年李昭壽以賊衆來犯春發率二百

人禦之戰於烏衣鎮被數十創死　賞雲騎尉世職采訪附

劉景華字松泉鳳陽副貢保知縣咸豐七年率子從九品侵芬禦髮賊於桐川力戰俱陳亡於同治九年景華　贈知府銜世襲雲騎尉鳳陽縣志

張玉豐懷遠人從九品咸豐七年率團剿賊與高金泰高立豐曹鳳翔周相玉李東漢李正修常虎張懷富均陳亡玉豐　贈鹽知事銜祀昭忠祠世襲雲騎尉懷遠縣志

楊兆熊懷遠人率勇三百人禦賊死傷殆盡兆熊被執不屈死又監生沈汝湛同子之盤率練禦賊陳亡已　旌懷遠縣志

宋貽藻懷遠人候補縣丞在山東陳亡已　旌懷遠縣志

李學文懷遠人屢敵劇賊於咸豐七年率家丁二十八戰死是年年玉樹在正陽關陳亡祀忠義祠文童楊學曾在滕家湖陳亡懷遠縣志

何應科懷遠監生同謝豹王德基何芳階高仁山金志唐先後率練禦賊陳亡應科豹

旌卹如例懷遠縣志

孫寶鼎懷遠監生同石如金潘兆香監生淩世輔武生陳懋善楊應標石振基先後禦賊死

旌卹如例懷遠縣志

潘九華懷遠人同楊春城邵景華邵永挺潘從標房道平周坫周萬金黃文瑞黃景然陳平劉永茂燕永原楊吉士楊名學石琮軍功張槐先後禦賊死懷遠縣志

陳鈞和府經歷陳鈞乾附生俱定遠人兄弟同從征江西隨剿髮逆攻克臨江陳亡又同知陳鈞師從征浙江髮逆陳亡俱

恩卹如例定遠縣志

蔡得勝定遠人從總兵黃開榜陳國瑞轉戰淮南北衝鋒陷陣驍勇敢戰與臨淮郭寶昌齊名洊保參將花翎後從征江西髮逆陳亡

恩卹如例采訪冊

張士傑定遠人同治間從征陝西有功保副將後戰死

恩予世襲騎都尉采訪冊

段瑞章壽州監生咸豐七年同監生李北山六品沈南華八品李振家民人周天永陳繼蘭王據德陳文友吳登秀陳顯華陳

紹榮陳克讓徐善嘉等先後率眾禦髮賊陣亡壽州志
徐光韶壽州監生咸豐七年髮捻竄老廟集光韶率團勇擊退後大股至陣亡壽州志
張志富壽州人髮捻竄三十埠志富約眾禦之被執死壽州志
劉篪壽州文生咸豐七年同監生孫秉鈞庠生戴汝蘭監生姚苑童生朱維珍勇目汪大樹率練拒髮賊被害又楊春秀率楊登甲等十三人陣亡壽州志
李汝賢壽州文生咸豐七年捻踞正陽汝賢率練剿之於宋家塘同子化龍均戰死壽州志
胡澄齋壽州監生同監生張庶咸率練拒捻賊正陽關練潰均死之壽州志
錢青選壽州文生咸豐七年髮賊竄正陽全家殉難卹建專祠專坊廕雲騎尉壽州志
谷鳳墀張懷璞俱鳳臺人捻賊犯境戰敗各與弟姪等全家殉難鳳臺縣志
張成蹊壽州武生咸豐七年率練拒粵賊死之陣亡三百餘人張族居其半監生李文炳率練擊賊陣亡五十餘人監生陳克念陳亡數十人監生張玉善偕子振邦彥邦勳邦陣亡五百餘人又王天爵李文光李忠袁大忠俱率練擊賊被害壽州志
張忠誥壽州監生咸豐七年率練擊捻霍邱陣亡又從九劉朝茂

子鴻忠鴻恕庠生周燿焜子本恩本惠俱在霍邱境擊捻死之燿焜世襲雲騎尉壽州志

張務本壽州歲貢咸豐七年同庠生周炳奎貢生李蓮仙監生龍紀常及周廷閶周廷璘周本昌俱率練擊髮賊被害務本炳奎世襲雲騎尉壽州志

袁際春壽州廪生咸豐七年同庠生袁登青從九袁耀寰率練擊髮賊於正陽戰潰俱死之同時死者八十餘人壽州志

常訓典壽州監生咸豐七年張落刑踞正陽訓典率練從官軍擊於沫河口軍潰與常登甲等死之又五品呂祥修亦剿捻正陽陳亡壽州志

鄭聯喆鳳臺人從九品咸豐七年率練禦捻殉難鳳臺縣志

吳希亮鳳臺人咸豐七年髮捻圍城捻逆踞正陽希亮築圩扼賊要路大小數十戰殺賊甚多夜襲之闖圩被害鳳臺縣志

王恩綬鳳臺增生軍功保縣丞咸豐四年督練力拒髮逆戰惟僕李恒順死救得免七年帶練收復展溝集遇捻被圍仰藥死鳳臺縣志

夏雲昌鳳臺人咸豐七年率眾禦髮賊被殺同時禦捻陳亡者從九銜李復初文生何士杰鳳臺縣志

汪鼇壽州文生咸豐七年與弟魯子沛霖姪汝霖用霖同文生趙炳南監生黃喬陳芬童生方孔嘉孔嘉之子長齡監生李振

玉文生李兆瑞均在雙門埠率衆擊賊陳亡又文生孫傳依在雙橋集劉環基劉瑀基劉寶基馬瑞濤在萬巖橋高岫雲在殷家店張燦朱泮雅蔡球朱喬林朱攀桂朱折桂朱長仁王繼先在板橋集戚履道在隱賢集胡憲文在花果園湘之艮在衆興集俱率衆擊賊死壽州志

張鈞堂壽州人六品軍功奮逆竄衆興集鈞堂率衆迎擊與子振聲姪雲龍均陳亡壽州志

張艮成馬英鄧中應俱壽州人咸豐七年隨練禦髮捻與劉海劉秀山劉寶桂劉錫桂丁法馮習禮朱懷廉劉品章宋穎田方守和錢廷樞張名儒馬瑞齡馬舜齡馬松齡馬景昌均力戰陳亡壽州志

周廷謹從九品顧麟光貢生楊春芳庠生俱壽州人咸豐七年率衆擊髮賊均死之壽州志　兩江忠義錄

張炳南壽州人從九品從官軍勦捻潁州中礮陳亡壽州志

王之梅宿州人咸豐七年三月禦撚賊蘄縣集李時傳禦撚於臨渙八月王朝貴王朝尹從官軍勦賊俱陳亡於同治六年旌卹宿州志

楊寅賓壽州人咸豐間温紹原守六合募壽州丁壯寅賓隸親軍奮勇以功保五品頂翎八年九月僞英王陳玉成糾賊衆圍六合守南門城破死之六合紀事

方濬泰字子建定遠人咸豐八年知丹陽縣有政聲江南大營兵潰粤賊來攻城陷死之（采訪冊）

夏璜鳳陽臨淮鄉附生咸豐八年同武生趙世宏監生杜世榮率勇攻髮賊于板橋均死之

炳文監生江炳南及曹懷祥吳守仁劉世勳劉瀾劉瀑泉楊友全楊友順姜朝望耿兆方並在板橋團練禦賊死（鳳陽縣志）

張聖堂鳳陽人六品軍功同軍功張正興文生孫文謨徐耿光劉星羅築圩塔灣咸豐八年撚賊攻圩帶團出擊與文童劉子民等四十六人均戰死奉旨建立專祠聖堂正興

恩卹銀兩文謨耿光星羅廕雲騎尉（鳳陽縣志）

周開初鳳陽歲貢咸豐八年同廩生周曰庠趙冠卿文生朱析楠胡金章朱析梁周開勳趙東壁常爕鼎褚金鑾張道興陳巨海常德慧孫秉乾武生鄧鳳池軍功趙上型李嘉訓從九品王讃童生常德宏程德儀築圩禦賊均陣亡同死者九十八人（鳳陽縣志）

亢序東鳳陽廩生咸豐八年率衆堵撚賊於苗家營衆潰自縊世襲雲騎尉子榮昌承襲（鳳陽縣志）

李德新鳳陽舉人咸豐八年聯團禦撚賊戰不勝觸石死是年文生司桂蘭暨子文科文鼎小鼎均戰死（鳳陽縣志）

耿烈盛鳳陽武生咸豐八年帶勇防堵九華山髮賊襲之戰歿

文生李師蓮助剿死之徐步瀛率衆擊賊於鳳凰山陳亡定遠縣志

朱從覲字述秋鳳陽文生咸豐八年在定遠同衆守禦城陷投水死妻宮氏子升蕃兆蕃同時殉難奉　旨旌䘏從覲祀昭忠祠鳳陽縣志節烈表江南紳商兩江忠義錄

柳煒鳳陽人陷賊自拔累功保都司在定遠剿賊陳亡鳳陽縣志

陳盤書鳳陽臨淮舉人咸豐八年同文生陳兆書武生陳兆龍文生陳之蕃率練陳金魁等擊撚均死之鳳陽縣志

黄廷颺鳳陽臨淮鄉人咸豐八年同刁澤周刁澤長年友史保芳守東巷集撚賊至率衆力戰死是年武生彭金重同彭金廣曹蓮培在臨淮帶團擊撚死之鳳陽縣志

劉燃藜鳳陽文生咸豐八年帶團禦賊同弟從九品漢章憲章姪開藩兆蓉子開來均陳亡燃藜世襲雲騎尉安撫奏案鳳陽縣志

吳桓字勗齋定遠歲貢少孤依伯祖鎬教養刻苦自勵先工制藝後肆力於古文垂三十年門下士多以科名顯咸豐間賊陷城遇害定遠縣志

潘振緒壽州處士咸豐八年九月撚賊攻定遠西鄉北鑪橋拒戰死采訪冊

林介臣懷遠人咸豐間以山東典史帶勇與粵賊戰於鄒滕境上矛傷殞命　賞世職雲騎尉采訪冊

劉雲祥文生陸占鼇武生俱鳳陽人咸豐八年帶練剿撚於長

淮與江鎔劉茂林等均死之是歲賊至窪張圩李傑出圩對敵
斃賊數名中鎗死韓德麟在劉府助勦陳亡鳳陽縣志
李思震黃立中俱鳳陽文生同監生李金鼇練勇袁錫齡俱勦
賊陳亡思震世襲雲騎尉金鼇立中錫齡　恩邺銀兩入
總祠坊鳳陽縣志
陸德和鳳陽人咸豐八年同楊逢春張體仁欒士純李春庭王
天剛陸太和團練禦撚賊戰明陵前陳亡又文生馮培元杜凌
雲王震淵均遇害鳳陽縣志
馮占科鳳陽監生捐資辦練并同文生趙鳳藻王桂林李春曉
姜敬廷監生賈鋆武生安九逵童生孫寶善民人趙鳳師王鉉

曹殿英曹殿邦趙殿邦薛殿揚先後帶練勦賊陳亡鳳陽縣志兩江忠
義錄
萬永珣字東紓鳳陽人八品頂戴咸豐九年秋撚匪破城赴河
死同族萬亦榴擊賊被害采訪冊
淩樹棠字棣生定遠人中道光甲午鄉榜歷官陝西葭州知州
潼關廳同知綏德直隸州朝邑府谷知縣調四川大全州酉陽
直隸州涪州知州成都富順知縣有幹濟才迭膺保薦咸豐八
年勦貴州苗匪賊已敗遁窮追中伏遇害　詔贈太僕寺
卿銜蔭一子入監讀書予雲騎尉世職酉陽州建專祠并入祀
京師昭忠祠著有酉陽屯田錄雙藤書屋詩集采訪冊

徐益善徐積奎壽州人咸豐八年九月撚匪襲得由懷遠竄北鑪橋益善積奎率團禦之龍頭壩戰敗中鎗死撚匪陷北鑪橋徐惟戊徐惟瑚徐惟菁徐積淮徐積健徐積銓徐積誠徐積度徐積金徐修善徐樹善徐孝魁徐孝復徐積粱均遇害徐積峙與子同遇害徐恒善與妻及二子同遇害徐全善被執遇害妻費氏聞知不食死從九徐善宗妻程氏赴井死采訪冊

劉鴻治懷遠人從九品咸豐八年率勇勦撚陳亡是年從九品倪前銳在虞耕山蔡文艮蔡文厚在九龍集彭義成在太平集劉廷在馬頭城均陳亡懷遠縣志

林之喬字梓園懷遠附生團練禦撚匪保知縣咸豐八年率練

禦張溎於渦河北陳亡蒙　贈知府銜祀昭忠祠世襲雲騎尉懷遠縣志

宋尚哲字濬明懷遠人性任俠交游徧澮渦南北辦理西北圩練咸豐八年築圩禦撚死之子采蘩采蘋孫裕魁裕美曾孫世敏等闔門殉難懷遠縣志

汪大士懷遠人咸豐八年一門三十八人殉難又張嘉賓侯正果石黑順徐廷棠宋康民監生楊聯珠謝召桂倪人桓文生張雲臺楊肯堂李運昌俱一門殉難懷遠縣志

胡文中懷遠人咸豐八年撚逆竄踞鳳陽懷遠繼陷文中走定遠上書勝保請乘虛擣鳳陽規復臨淮懷遠又言張溎狡詐不

可撫皆不聽乃走京師條陳兵事懷書自經死御史林之望以
聞其後兩江奏
卹祀忠義祠文中死葬於都城門外人
立碣墓側曰義士胡文中冢云懷遠縣志 竟齋文集
錢樹立字素卿懷遠諸生咸豐八年撚逆陷城罵賊遇害采訪冊
張齊璧張齊琮定遠人咸豐八年兄弟帶練禦髮賊於龍頭壩
陳亡又監生方觀濠亦禦賊受傷死定遠縣志 兩江忠義錄
陳世芳定遠人同陳鶴清陳懷信沈宗山顧世榮均充練首與
縣丞穆楚湘等一千餘人先後殉難定遠縣志
孫鵬羽壽州人咸豐八年從盧鳳道金光筋擊撚於河口陣亡
壽州志

楊守恩壽州人咸豐初帶東鄉團練從金光筋剿匪後募壽勇
從温紹原防守六合以攻九洑洲葛塘集浦口戰功給六品頂
戴八年髮逆圍六合堅守一月城陷巷戰死之於同治十年照
千總例
予卹并准建專祠同時殉難之把總楊宮賓楊
習尚外委楊大清楊化德軍功楊金玉楊兆瑞勇丁楊化山等
五十餘人均附祀李鴻章奏案
張人沛壽州武舉咸豐八年率練拒撚同死者張才等三十餘
人又軍功五品劉以和六品孟立起楊瑞雲董長發孔廣平宋
雲宋光楊劉錫宋照俱率練剿撚陳亡壽州志
余士璘鳳臺文生咸豐八年同監生侯星右禦撚死星右之子

建業往救亦死之又張弼徐林遇等團練堵禦一百十八人均
陳亡壽州志 鳳臺縣志
常元確字眞誠懷遠武生咸豐八年四月張龔二賊陷縣城大
臣勝保屯馬頭鎮聞元確有膽略委辦團練每戰輒勝六月燒
賊上洪浮橋七月與賊戰于古西門外獲賊將耿白額之子勝
保移營東去元確率團丁守圩十一月賊攻七晝夜圩中數萬
人奉其號令死守得不破賊詐敗元確獨追之落馬被執姪嵩
喜來華來往救同遇害采訪冊
張秉鐸壽州人咸豐八年率張北平汪卓貴國長鮑永言程慕
禮馮秀良權道隆等擊撚賊於三覺寺均陳亡同死二十餘人

又武生徐萬春率徐同春等三十七人拒撚均死之壽州志
傅兆鵬鳳臺人把總從征揚州解統帶官於重圍力戰死之世
襲雲騎尉府經歷薛家幹劉克俊出防盧州均各陳亡鳳臺縣志
鮑亦昭壽州人咸豐八年出防廬州陳亡壽州志
蕭廣業宿州人署白樺千總咸豐八年撚匪圍汎帶兵剿殺陳
亡於同治六年　旌卹宿州志
夏正修宿州人以團練功賞六品翎頂咸豐八年禦撚匪於灰
古集殺馬賊數人復追敗於桃溝北深入被害兩江忠義錄
王伯禮王占玉正路余良孫士林彭元哲張廷樸康成煥游德
鈞陳占璧李永福王殿恭王燦修俱靈璧人帶練殺撚咸豐八

年同增生王正民等百八十九人均被害是年趙道緣等十四人諸生卜維新廖文著監生潘蔭桐武生張承祖練長張聰等二十四人胡得蘭等十八人路玉璋等二百九人張濟太等十一人增生王汝清等五十二人文童殷正倫等七人從九品王忠普等十二人及練長倪萬林文童王桂馥王訓龍亦以擊撚陳亡（鳳臺縣志）

鄒定山從九品李德元文生俱鳳陽人咸豐九年在汊澗聯團擊撚均死之（鳳陽縣志）

顧建三鳳陽文生咸豐九年率子應祥及顧明祥顧瑞祥等禦撚賊均死之顧華山被執不屈死是歲徐兆福文生張太清均在定遠殉難太清子文煊等闔門死之（鳳陽縣志）

俞珮玉鳳陽人武生藍翎千總定遠失守在明光集禦賊陳亡（鳳陽縣志）

郭法彭鳳陽臨淮鄉人豪俠尚氣節咸豐初糾族眾捍禦髮逆以助官軍八年捻逆踞臨淮法彭聯絡義勇日以殺賊爲事撚首李允深忌之九年十一月袁甲三檄擊撚首張瀧於鳳陽法彭以其眾夜赴師半濟爲賊所薄投水死子寶昌矢復仇討賊積功至記名提督壽春鎮總兵世襲雲騎尉 贈法彭建威將軍（鳳陽縣志 徐子苓所撰墓碑）

孫萬鍾懷遠人咸豐九年守常家墳寨七晝夜火藥用盡出戰

遇害懷遠縣志

陳鼎霈定遠監生咸豐九年撚匪句結髮逆圍撲定遠鼎霈同族人捐資募勇嬰城固守力竭城陷與附生陳鼎煜陳鼎讚監生陳鼎選陳敦培陳德培陳裕培文童陳吉培陳貢培陳壯培陳憲培陳端培陳忠培陳山尊陳安均陳鍾奇陳鈞載陳鈞諳陳全才陳坦俱巷戰死之闔門男婦七十六人俱殉難又監生吳兆林附生凌杰監生凌家鳳俱一門殉難同治元年均恩卹如例專建祠坊又忽步衢一門四人忽承德一門十八人忽家與一門十八人均殉難定遠縣志兩江忠義錄

陳鈞字熙亭陳鼎霈之族也候選縣丞咸豐九年逆匪圍城鈞偕監生陳鍾熙等八人同監生王熙載王嘉俊從九武佣帶勇分守四門城陷巷戰殉難縣丞陳鍾華同弟陳鍾葆子衍濂均死之事聞均旌卹定遠縣志胡肇智奏案

楊業敷字敬五定遠人府學廩生咸豐九年隨父監生贊勳守城城陷遇害已旌定遠縣志

穆定昌定遠武生咸豐九年同監生穆龍光武生穆玉鑾穆衍鑾穆胡棟守城闔門死之照陣亡例賜卹專建祠坊定遠縣志

王熙業字敬甫定遠廩生咸豐九年守城遇害定遠縣志

吳卿雲字耕鳴定遠附貢以團練保訓導咸豐九年撚匪陷城

督守數十日城陷被戕已旌定遠縣志

方銘琴字韻軒定遠文生咸豐九年城陷闔門死之定遠縣志

王學樞方汝酯方治齊曾文章俱定遠人均各一門殉難定遠縣志

楊兆煥定遠監生咸豐九年同鄒祥瑞率練解城圍連破賊營入城防守城陷并及於難均祀總祠定遠縣志

凌煥綸定遠人縣丞咸豐九年髮逆圍城煥綸同廩貢生凌樹藩文生凌樹棨凌樹藻施長青監生凌樹艮汪大田率練防守城陷殉難各旌卹如例煥綸贈知縣銜世襲雲騎尉定遠縣志

杭星垣定遠人五品軍功撚匪圍城督練守禦力竭遇害已

旌定遠縣志

吳大觀定遠人咸豐九年率練援城突入賊圍刃十數人力竭遇害已旌定遠縣志

周鶴年字翼仙定遠文生年七十餘率眾守城城陷遇害又蔡時夫年八十巡防東城監生吳鳴鑾力戰悍賊均死定遠縣志

朱錫璋定遠人國子監典籍賊偪藕塘率練迎戰死定遠縣志

侯錦章定遠人從九品以帶練獲土匪楊七功賞六品咸豐九年率勇守城縋出擒賊奪獲器械城陷巷戰救出難民甚多力竭遇害定遠縣志

宮天禮定遠人率練紮五里高橋助官軍擊賊陣亡定遠縣志

武承霖定遠諸生咸豐九年同諸生武鋆從九武玉和武桂林武福乙武鍾淮六品外委武安邦監生武楚南武昌華武達卿率族團練擊破賊營後以衆寡不敵退守縣城其時率族守城者有候選教諭凌樹楨廪生楊孟昭增生何廷翰庠生何錫藩王嘉遇陳煜施秉謙從九陳璞等城破均死之武舉王金波諸生程正棻監生吳驕尚武生吳楷從九鄭旭階等數十人俱督團被害又武生楊清帶勇赴救入城助守亦巷戰死 兩江忠義錄

朱佩芝字馥齋朱淮源子壽州武舉無爲汛千總咸豐九年調守定遠糧盡城陷死之 贈䘏如例 壽州志

王培煜字墨齋壽州廪生辦理團練咸豐九年禦賊被傷死世

襲雲騎尉又李光策築圩禦賊被害 壽州志 兩江忠義錄

吳楚賢宋元純俱壽州文生咸豐九年撚逆擾境率衆迎擊均死之元純闔門遇害 壽州志

張懷西壽州文童咸豐九年撚逆擾境懷西爭先堵禦遇害又監生曹應豐及子曹祺死撚逆之難 壽州志

甘瑞蘭鳳臺人六品軍功咸豐九年禦撚北爐橋陣亡 鳳臺縣志壽州志

侯澄亭宿州文生咸豐九年撚賊圍孫家砦澄亭糾衆拒戰力竭自焚舉家殉難廕雲騎尉侯金楷侯金堂侯金鏡侯金元皆死之文童劉德璉在渠溝圩戰歿千總趙繼武與張立崇張正

武遺同官軍勦撚陳亡（宿州）

鄭化南靈璧文生咸豐九年春撚逆東竄化南同九品銜劉揚玲帶練迎擊均死之同時陳亡者六百三十二人並祀國鎮昭忠祠是年秋撚漢張家溝殷廷璽督練截擊陳亡九品張煦齊襲破賊圩遇害（靈璧縣志）

彭金雲鳳陽文生咸豐十年同監生彭金度及金度之子克昌守圩拒苗逆圩破均死之（鳳陽縣志）

馬大和鳳陽增生候選訓導咸豐十年帶勇勦撚於定遠陳亡世襲雲騎尉是年捻逆犯鳳陽陳小福守城死武生何廷俊監生路克祥李文利在西長安山築圩禦賊同張文秉張本等七

十六人均死之（鳳陽縣志）

楊紹林鳳陽人從彭玉麟勦賊拔補外委咸豐十年甯國打仗陳亡蒙　恩卹銀兩廕子入監（鳳陽縣志）

劉憲章鳳陽人千總同文生程瀛程翊昌程榮森楊鍾俊李一誠向君榮賈祥雲賈坤厚蔡芬蔡鑫蔡護蔡雲階焦貽謀武生原霞監生闞應奎郭效儀童生張琢周培厚劉兆簪王廷文甯功孫泰宇程德周張保坤吏員袁珠等八十三人均在南長安山擊賊遇害（鳳陽縣志）

宋載陽字春煦懷遠人廣德州訓導咸豐十年州城陷同子庠生芝生姪儒生金生均殉難世襲雲騎尉祀廣德昭忠祠兄監

生載璜字磻溪先於咸豐三年殉難弟廩生載籍字博卿於八年與妻邵子性生闔門殉難懷遠縣志

李應詔字金門壽州舉人徽州府訓導隨張芾辦團催督各村練勇以功保知縣咸豐十年八月粵賊偪城有約之去者應詔曰此城猶王羆冢也城陷遂死之世襲雲騎尉同治四年奉

旨附祀徽州府城張芾專祠歙縣志 壽州志 史館鈔張芾列傳

同死者百四十餘人壽州志

顧廷秀顧秉衡顧家訓俱壽州人咸豐十年髮逆破顧圩陳亡

朱景新朱景齡吳宗長皆靈璧人咸豐八年二月從徐州鎮總兵滕家勝禦賊于固鎮西戰歿采訪冊

徐賡勛字開周靈璧廩生咸豐間苗逆横行淮南北其黨盤踞韋家集以書召賡勛爲之司筆札賡勛毀書罵其使賊復迫脅之賡勛絕食數日死采訪冊

陳鈞慶定遠人咸豐九年入河南歸德大營勇猛敢戰有功保千總後撚數萬圍攻李家谷堆鈞慶率七十餘人往迎入賊隊殺數十人後無繼者力竭陳亡劍在手拔之不脫族伯鼎燮祝之乃脫撫軍臨祭

上聞加守備銜賜卹嗣子德生承襲

采訪冊

涂紹勳壽州文生咸豐七年督練擊髮賊有功保訓導八年助復六安加五品銜十年苗逆南竄紹勳約練拒戰歐血死壽州志

淩樹藩字玉屏定遠廩貢生候選教諭幼穎悟强記熟於唐宋書咸豐九年賊圍定遠樹藩登城守禦城陷從人掖之出不聽罵賊死（定遠縣志）

杭鏡波定遠監生父早卒母病藥餌飲食必親進母歿歲時忌日嘗流涕年七十遇賊不屈被害（定遠縣志）

馬錦標壽州人署壽春中營把總咸豐十年苗逆陷城率兵巷戰陣亡一門殉難又外委張迎春張宏春受傷自經死（壽州志）

陶埈壽州人咸豐三年以馬兵從攻廬州巢縣廬江舒城保把總十年賊攻定遠派守南門城陷死之（兩江忠義錄）

蘇炳南鳳臺武進士官會甯守備告歸辦理團練咸豐十年苗逆將謀叛懼炳南誘與會議被害（兩江忠義錄）

耿冠五宿州武生咸豐十年二月同耿鳳羽耿明林耿明由耿崧山耿丑山王景伊石盤城陳平劉林張端率眾禦撚賊石弓山陣亡八月張立堂張立棟王仁美張啟鳳張啟山張學允俱陣亡均於同治六年旌卹（宿州志）

馬百雨鳳陽人咸豐十年浙江長興縣禦賊陣亡旌卹祠坊（浙江奏案）

柳金標張桂元孫家桂柳增賢張堂並鳳陽人俱千總咸豐十一年撚逆再犯鳳陽柳家圩同軍功五品趙寅章余坏夏寅章六品張正元張金元等禦之均陣亡顧新等四十六人並闘死

之（鳳陽縣志）

張朝佐鳳陽文生從正陽水師營剿賊陣亡（鳳陽縣志）

韓福修懷遠人訓導咸豐十一年從壽春鎮剿苗逆於壽州城陷死之（壽州志）

孫憲章字典五懷遠人以辦團練保六品咸豐十一年在南鄉禦賊死入祀總祠（懷遠縣志）

孫家艮字翰卿壽州進士歷官福建汀州府知府有弭盜功咸豐十一年髮賊犯汀家艮城守數十日食盡城陷巷戰重傷被害子東河通判傳鎣及家人十二人闔門殉難事聞奉　旨忠孝節義萃於一門從優議卹　贈太僕寺卿傳鎣道銜均　賜祭葬世襲雲騎尉（壽州志）

呂玉坡字步階靈璧諸生咸豐間從袁甲三軍於臨淮甲三還朝子保恒接統其軍玉坡仍從征以兵攻撚匪於定遠爲撚匪所乘軍失利玉坡遂遇害（採訪冊）

薛家秀壽州人性峭直咸豐十一年苗逆圍城語家人曰生爲　盛世民誓不死賊手城破投井死子映遠千總同治二年苗匪再叛守南城出家儲給饑卒六月城陷與從弟六品軍功外委金遠力戰死均蔭世職雲騎尉（採訪冊）

孫贈祖字瑤軒孫家泰之父也臨大使樸直好施道光中舟載餅餌給散饑民咸豐初造助軍餉協修城垣家泰殉難之歲九

月城陷罵賊死次子訓導家德孫鹽大使傳洙傳湞傳濟及家屬十餘人殉之同治三年兩江總督曾國藩以一門忠孝奏聞

奉

旨優卹專建祠坊贈祖家德傳洙均世襲雲騎尉又訓導孫家洪府經歷孫家彥廩監生孫家鎔從九品孫傳熙監生孫傳科孫傳省均死之家彥傳熙世襲雲騎尉家鎔廕雲騎尉壽州志

孫家泰字引銛壽州附貢官刑部員外郎咸豐三年隨呂賢基回籍辦理團練以事罷職十年苗沛霖叛將圖壽州伏黨援城內家泰發其謀誅苗黨沛霖深嗛之明年圍城巡撫駐城中檄家泰守禦五月圍益急聲言得家泰乃解圍巡撫遂致家泰於

獄適按察使張學醇矯稱奉督師袁甲三密檄檻送家泰於臨淮未行仰藥死城圍卒不解同治三年苗逆伏誅經曾國藩等

奏稱孫家泰於苗逆初起辦練之時決其必叛卓識遠見嫉惡如仇遭害最終一門四世慘死請

旨優卹開復原官給

四品卿銜 賜祭葬建專祠專坊世襲雲騎尉壽州志

棠時中字協齋壽州人從九品辦理團練加六品銜與孫家泰俱爲苗逆所嗛家泰既死苗逆在下蔡又聲言得時中則立解壽州圍張學醇購之急時中趨下蔡苗逆囚之四十餘日不屈死事平 贈通判銜附祀孫家泰專祠世襲雲騎尉壽州志

孫傳錄壽州人從九品咸豐十一年同孫傳恭孫多齡孫傳仁

孫家騏張粹然等先後帶練剿賊被害孫傳輪孫傳洛孫傳琨文生孫傳衣孫傳義孫傳習孫傳兆孫傳統孫傳範孫家齊學生孫家沛監生孫傳甲文生孫家濬等八十五人均死之壽州志

李如玉壽州人九埠汛外委咸豐十一年苗沛霖叛奉翁同書檄通糧道出戰被執死之壽州志

陳寶慈壽州附生候選訓導辦理防堵咸豐十一年城陷遇害全家殉難三劉集哨官潘廷彩六品軍功金在鎔均巷戰死寶慈世襲雲騎尉又武舉千總周領邦在周家圩從九張煥然在康家店徐克誠汪發揚徐煥章在州城外戴珊在劉帝城均帶勇禦賊陣亡壽州志兩江忠義錄

陳文韶鳳臺武舉城陷全家殉難又文生陳景星王冕民人楊余斗朱訓揚周善均各全家殉難鳳臺縣志

謝炳孝字承慈鳳臺人以辦團給六品銜咸豐十一年苗練叛城陷被執死弟炳忠於二次城陷全家殉難同治四年旌卹壽州志鳳臺縣志

張福生壽州人游擊管帶礮船咸豐十一年與其父張克儉並死苗逆之難壽州志

張景禮字履齋壽州人五品銜候選從九品歲饑日以餅餌助軍督練守東津要隘咸豐十一年城陷仰藥死壽州志鳳臺縣志

滕士良鳳臺人六品軍功咸豐十一年從翁同書禦苗逆同殉

錫寬錫元在東津渡帶勇督戰均陳亡鳳臺縣志壽州志

柏益三壽州人從九品苗逆圍城益三捐資助餉率練攻賊遇害世襲雲騎尉壽州志

閻廷枬壽州人六品銜文生帶練守城遇害又武生鄭玉堂六品銜邊殿甲千總滿玉堂外委朱貫一俱帶練守城死之壽州志

汪保朝壽州庠生同童生霍儒林石萬炬率練禦苗逆於茶巷集陳亡又監生張沛然張汝芝在張家圩營兵于志誠來國勝在北門外俱帶練擊苗逆陳亡壽州志

李馨華壽州人從九品苗逆圍城同外委王德林黃澄清童生鄧志修柏金萱先後率練出隊陳亡壽州志

張大治壽州人六品軍功帶練擊賊雙古堆被害又軍功李鴻賓在兩河口出隊陳亡壽州志

章冠珠壽州人咸豐十一年同子八品銜保廷全家八口死苗逆之難壽州志鳳臺縣志

柏文詢縣丞吳鶴鄉從九品俱壽州人並一門死苗逆之難與世襲雲騎尉建專祠坊又監生李秀然六品銜方溪士民八千長順孫長樂張同仁方國璽俱一門殉難壽州志

平凌霄壽州武生倡練禦苗逆咸豐十一年一家六八殉難凌霄以憂忿卒監生平繩武亦以圩破死壽州志鳳臺縣志

謝於杜字又東鳳臺歲貢以辦練保訓導咸豐十一年苗逆陷

城陷全家投井死於同治四年奉旨卹建專祠世襲雲騎尉 鳳臺縣志 壽州志

懷志本壽州人徐家口外委防守壽城被殺全家殉難 壽州志

懷志勇孫允莊鳳臺人俱全家殉難 鳳臺縣志 壽州志

何若愚鳳臺人五品銜縣丞苗逆叛城陷同子蓮蕩巷戰不屈死 鳳臺縣志

周瑞雲鳳臺人五品銜把總在史家嘴帶礮船禦苗逆陣亡 鳳臺縣志 壽州志

王者香鳳臺文生苗逆圍城袁甲三密檄率練救援事洩被害 鳳臺縣志 壽州志

李應堂鳳臺人李廷揚之子世襲雲騎尉城陷同軍功李福興巷戰被殺 鳳臺縣志 壽州志

穆安邦鳳臺人守備署定遠把總調守壽州道出蚌埠遇賊戰死 鳳臺縣志 壽州志

張其賢魏峯俱鳳臺人咸豐十一年苗逆圍城同胡林中黃占賢等二百六十一人均陣亡彭世獻彭世文均以防堵陣亡 鳳臺縣志

徐樹棠壽州人六品軍功咸豐十一年率眾拒苗同死者徐宏概鄒貫德余永順等三十三人又李永福陶熏徐光春葛永州同銜監生張葆鼎亦率勇擊賊與勇丁胡春等均陣亡 壽州志

李銳峯壽州監生染蔆角圩拒賊咸豐十一年苗逆圍州城官軍書檄由銳往來苗逆破圩與童生李銳鐸等二十餘人死之壽州志

柏鳳章壽州監生以捐資守禦保主簿銜咸豐十一年苗逆叛鳳章守禦如前城陷服毒死壽州志

朱淮朋壽州人營千總咸豐十一年同八品軍功范俊在柏家圩率勇拒苗逆陳亡又文生葛綸沛監生周振凡六品軍功吳同志葛靜一及黃迎寬父子四人在周家圩凡二百六十八人皆陳亡六品軍功方金盤在瓦埠陳亡壽州志

余壽蔭方大官俱鳳臺人咸豐十一年杭城復陷均各全家殉難鳳臺縣志

趙元龍壽州武生以守備署霍邱汛千總咸豐十一年髮賊陷霍邱陳亡世襲雲騎尉壽州志

余正祥壽州人有子永康永珮咸豐四年在廬州營陳亡十一年正祥全家死苗逆之難於同治四年奉准建專祠專坊壽州志鳳臺縣志

張心廣壽州文生闔門殉撚逆之難壽州志

吳濬吳濤鳳臺人濤以從九品加五品銜咸豐十年苗逆之難兄弟共率練守城均死之鳳臺縣志壽州志

劉占祥鳳臺人劉朱書之子把總署三溜外委運糧遇苗黨被

執與父朱書同死之世襲雲騎尉鳳臺縣志壽州志

蘇淇韶鳳臺武進士甘肅都司咸豐十一年在籍死苗逆之難壽州志鳳臺縣志

鄭其誼宿州人從九品咸豐十一年隨徐州鎮在汝上剿撚陣亡世襲雲騎尉是年鄉勇周秉鈞等十三人在宿州之董家橋監生周隆業等六人在奶奶山均剿撚陣亡已旌卹宿州志

孫夢祥靈璧文生咸豐十一年四月撚逆東竄夢祥帶勇禦之與陳廷科陳廷佐魏汝湘王德立闔門殉難是年九月苗逆襲高圩高善祥趙玉振等均戰死靈璧縣志

盛希禹盛學思並宿州蔡湖人築圩保衛鄉里圩破均陣亡鳳陽縣志

王朝海千總余添發外委趙維鼎千總俱鳳陽人同治間直隸勦撚陣亡又千總陸殿魁把總劉春和均在山東勦撚陣亡並世襲雲騎尉鳳陽縣志

李桃鳳陽人從李鴻章勦撚拔補把總隨營打仗陣亡贈守禦所千總銜鳳陽縣志

馬維敏喬元功俱宿州童生同治元年撚逆洪掠宿境維敏等築二郎山砦五月被圍力竭闔砦自焚譚秉仁譚秉禮侯俊明乞援於官軍隨勦敗潰皆死之是年贈維敏從九銜世

襲雲騎尉并建專祠專坊元功贈把總銜同時殉難之馬廷蘭馬光文馬廷文馬廷聘馬維勵馬廷彦馬𣅀雲岳世文岳世興喬元棟卞功楊貫斗馬效如等男女二千三百餘人一併附祀譚秉仁等於同治六年旌邺宿州志

殷維雒王有志俱靈璧監生同治元年五月撚逆破寨力戰均死之是年四月撚逼縣城李玉章莊洪然及呂景沂等七人殺賊陳亡靈璧縣志

孫永勝鳳陽人從征湖北拔補把總打仗陳亡世襲雲騎尉鳳陽縣志

陶德輝鳳陽人從征陜西保參將在營打仗陳亡鳳陽縣志

薛映逵字蘆洲壽州人父家秀咸豐十一年死苗逆之難映逵由行伍署壽春右營千總同治二年苗逆犯壽州映逵守南城餉絕盡出家儲助軍城陷與弟右營外委金逵鑾一作都司銜守備殷扶保力戰陳亡映逵金逵均世襲雲騎尉壽州志鳳臺縣志

孫鴻祖字琴溪孫燕祖字翼亭從九品孫法祖字少齋附貢俱壽州人捐資辦團督練防守同治二作苗逆叛城陷均死之鴻祖世襲雲騎尉法祖廕雲騎尉壽州志

崔治平壽州人正陽汛把總同治二年苗逆圍城同把總丁玉堂守西南兩門城陷均死之又把總朱在國外委脅長春歐朝樂額外李映祥六品軍功王悅薛鴻猷八品軍功潘維潮守南

門五品軍功黃兆六品軍功劉景春守東門候選訓導黃春元外委湯福厚許殿甲吳天德楊頁禮李永祥俱陳亡壽州志 兩江忠義錄

劉彥煒鳳臺人八品銜同治二年守州北門城陷死之世襲雲騎尉又習懷遠千總孫慶元文生何衍謨營長盛世官軍功張文林均城破殉難壽州志 鳳臺縣志

呂際清鳳臺人從九品同治二年督練守北門禦苗逆城陷與從九品朱壽昌監生劉純熙均殉難鳳臺縣志

張同春鳳臺人壽春營外委城陷巷戰殺苗賊數十人被執死鳳臺縣志 壽州志

郢春雲壽州人同治二年同郭得金郭兆位率衆攻苗逆於劉帝城與陳建猷張懷清陳懷賢石懷學等十八人王德恭等五人均陳亡壽州志

邵憲章字克傳鳳臺人以軍功選柳州府經歷未赴任同治二年苗逆圍城憲章同姪從九汝珍帶勇防守城陷被執死以世襲雲騎尉壽州志 鳳臺縣志

潘廷貴鳳臺人游擊銜無爲州把總城陷死之把總吳占鼇張華林吳振邦許干城外委葛全良胡安邦吳成標均死之鳳臺縣志

馬蔭遠字朗軒壽州舉人統帶西城游兵同治二年苗逆復叛城陷被執不屈死一門二十餘人殉難父從清被脅仰藥死壽

志

柏汝楨壽州監生六品銜同治二年督練數砍苗逆營壘城陷巷戰死又歲貢柏蔭棠監生柏之楨同子文訓圩破不屈死壽州志

楊希震壽州廩生孫清薇鳳臺文生同治三年苗逆復叛希震隨知州守城清薇誓與城存亡及城陷俱死之均廕雲騎尉壽州志

程克俊壽州人從九品同治二年苗逆復叛城陷克俊以守禦被執不屈死壽州志

柳蔭濟壽州人管帶游兵在東門禦賊被害壽州志

葉忠藎字樹藩壽州人同治二年忠藎率練禦苗賊死王連年隨練攻苗亦死之壽州志

魏象晉壽州人同魏象觀率眾擊髮賊於東橋集均遇害壽州志

劉德貴壽州人一門十五人殉難李長請朱長玉李荀揚姚金方王友任廣志李秉忠夏懷永朱順揚李誠汪士林陳至仁劉菁竹邊云懷子學曾錢大成張學顏張茂坤徐惟清俱一門殉難壽州志

張光麟謝炳琪陳禮剛平安李春化余學曾朱家春李金順范得春趙順陶長安朱福心陶克信陳魁吳永安紀文有王致中高臨祥高鳳祥畢長發黃桂元顧三俱鳳臺人苗逆圍城均各

全家絕糧殉難已　旌卹鳳臺縣志

葛金生壽州人六品軍功同治三年在懷遠陳亡壽州志

曹學純鳳陽人都司同治二年從陳國瑞勦撚陳亡鳳陽縣志

孫永祥懷遠人同治二年率子大全約族人作官軍內應事洩苗黨害之父子均死又監生劉巨岫與劉待劉文恒劉文興劉士江同被苗黨所害懷遠縣志

馬廷珍懷遠人城陷闔門死之又文生王紹先文童孫艮馬儒樞王元韜段樓杳王鵬飛鮑鼎元均闔門殉難懷遠縣志

魏正銓定遠人同治二年闔族四百七十三人殉難又年懷寶闔門十四人殉難均各建專祠專坊胡肇智奏案

徐渭川字晴波鳳臺人五品軍功從九銜同治二年苗逆圍城帶練防守城陷不屈死鳳臺縣志

李延炳鳳臺人六品軍功守城被害鳳臺縣志

王鎮鳳臺人從九品奉委巡城及陷遇害鳳臺縣志

謝遐齡宿州人從九品同治二年率眾禦撚賊趙家灘斃撚首李拗等百餘人砦破力戰死練總趙志浩文童趙惟稻等百七人同死之同治六年　旌卹坊祠遐齡世襲雲騎尉宿州志胡肇智奏案

李成勳宿州監生同治二年率眾堵截撚匪與朱光桂等死之同治六年　旌卹宿州志

厲樹勳字銘恩壽州人讀書有遠識以團防功保六品服同治二年苗逆再叛州城陷戰敗以身衛母遇害采訪冊

丁振新壽州人從征有功洊保守備同治三年隨大軍攻克浙江嘉興府中鎗殞命卹雲騎尉世職附祀蘇州淮軍昭忠祠采訪冊

張廣仁靈璧人同治二年撚過城下接仗陣亡靈璧縣志

趙世良鳳陽人游擊同治四年從郭寶昌河南剿撚陣亡鳳陽縣志

康錦標懷遠人從征豫東積功至游擊同治四年在鄢陵剿撚力戰死

恩卹如例懷遠縣志

劉廷幹宿州人軍功保游擊果勇巴圖魯同治四年剿撚河南

戰於沈邱之迎仙店陣亡照副將議卹世襲雲騎尉宿州志

周恒義宿州人軍功守備隨營剿賊陣亡世襲雲騎尉宿州志

孫景福宿州人軍功游擊加副將銜在臨邑剿賊受傷死世襲雲騎尉宿州志

蘇順昌鳳臺人同治五年率子茂林禦撚陣亡鳳臺縣志

金塏鳳臺人同程德潛程德位馬建中黃純修充當練長均率眾禦撚匪陣亡鳳臺縣志

王之維鳳臺人檄赴孤堆集收復民圩遇賊被執死鳳臺縣志

李言坤宿州人把總同治五年從征山東剿撚陣亡贈

千總銜世襲雲騎尉宿州志

張錫嶸原名錫榮字敬堂靈璧人咸豐三年進士九年以編修典試山西明年秋奉　命視學滇南時回匪作亂府縣多爲賊踞或勸乞疾錫嶸毅然曰吾奉　天子命當之官甯避賊邪叱馭不顧竟到滇未及考試丁父憂歸曾國藩之征撚也駐軍臨淮所部湘勇遣撤殆盡僅存劉松山老湘營萬人餘悉倚淮軍辦賊淮軍新建平吳大功將領多自矜國藩欲於淮北別募新營儲備西北之用而苦將久難其人及見錫嶸大喜密疏奏保治軍濠上謂錫嶸誦法儒先堅忍耐苦足勝將帥之任檄募敬字三營隨湘軍戰守時湖團有通撚者國藩下令遷徙錫嶸分別良莠聯絡義圩又以災賑日行泥淖中圩民得蘇

同治五年駐防汝洛敗賊於周家口其冬撚酋張總愚竄陝西國藩調劉松山軍赴援錫嶸統三營與俱至則解西安圍復與賊戰於城西雨花砦率百餘人衝擊陷入賊陣被十餘創而殞時六年正月初六日也事聞　詔贈侍講學士初錫嶸居京時日鈔書數十紙雖盛暑不輟奉祿薄常日一餐從無一介乞助於人著有孝經章句讀朱子就正錄孝經問答禮運總旨吳棠刻其遺書（遵義黎庶昌拙尊園稿　盱眙吳棠刻張氏遺集敍）

談家寶壽州人六品軍功剿賊陣亡同治十一年　贈守禦所千總銜世襲雲騎尉（李鴻章奏案）

周福五壽州附生同藍翎五品鹽大使孫傳鈞禦賊陣亡同治

十一年旌卹祠坊黃鈺奏案

戴宗騫字孝侯壽州人同治初撚逆苗沛霖之亂宗騫以廩生督團練屢挫其鋒州境以安六年詣湖廣總督李鴻章行營條上平撚十餘事鴻章納之歎爲豪傑士延入營幕辦理營軍綜理營務轉戰湖北河南山東直隸陝西數省先後殲斃撚首任柱賴文洸等由教諭擢知縣奏留直隸補用十年盛軍移駐直隸督南運河堤工又辦青縣靜海交河河間振務貲省功倍實惠及民光緒元年建營田之議鉅細章程皆經手訂開溉南自古未有之風氣至今稻田彌望歲收糧數十萬石軍民咸食其利旋修築新城建立海口礮臺論勞以直隸州用五年疏濬減河建築閘壩宗騫馳驅河干履勘水道酌宣洩之宜居民得免昏墊值吉林添設邊防會辦邊務通政使吳大澂奏調宗騫統領綏字馬步全軍駐防三姓時馬賊肆擾宗騫率隊入山搜捕風雪嚴寒追逐八百餘里山峻路險徒步督軍禽賊目十餘名陣斬二百餘人解散脅從數千百人松花江兩岸肅清捌築江岸礮臺開通甯古塔山道數百里九年以中法搆兵回駐天津新城明年移軍昌黎防守洋河蒲河各海口督築長牆礮臺安設水雷電線疏濬河道修治橋梁內練士卒外輯商民勞勩最著李鴻章稱其志趣正大謀慮精詳有古儒將之風吳大澂稱其忠信閎通體用兼備屢疏以人才密薦十三年李鴻章奏

令兼統鞏軍移防威海又專疏以將才薦言宗騫究心時務學識優長文武兼資深堪倚任宗騫先以保升知府援例捐道員至是奉　旨交軍機處記名以道員簡放二十年倭人入寇沿海戒嚴宗騫先以建南北岸礮臺十餘座部署整齊七月初十日倭艦二十餘艘犯威海宗騫屢擊卻之不得逞十二月倭人由成山登岸宗騫分兵千五百人赴榮成禦之戰十餘次礮斃倭酋松尾殺倭兵數百人然威海後路三百餘里轄境遼濶港汊紛岐所部六千人不敷分駐抵禦而他將帥又各懷意見事權不一倭人乃增兵三萬分數路進攻宗騫據山嶺下擊鏖戰兩晝夜時風雪漫天嚴寒徹骨士卒死傷過半竟失南岸礮臺宗騫收殘卒死守北岸礮臺堅持三晝夜迄無援兵北礮臺亦失死之山東巡撫李秉衡奏稱自海上用兵以來迭失名城要隘文臣死事者祗戴宗騫一人揆諸古人取義成仁殆無媿色　詔曰已故道員戴宗騫由廩生從事戎行辦理直隸振撫疏河營田諸務軍民咸食其利嗣在吉林剿辦馬賊搜捕巨匪江岸肅清十三年移防威海本年正月以孤軍扼守礮臺勢窮力竭率以身殉洵屬忠烈可風著將該故員生平事蹟宣付史館立傳並准建立專祠以彰忠藎　追贈太常寺卿　賞騎都尉世職給葬銀兩子緒賢緒适緒芬緒賢襲世職

采訪冊

唐宗遠字耀廷壽州人副將銜參將從提督宋慶領新毅後營
光緒三十一年二月倭寇陷奉省田莊臺戰歿　卹贈如
制準於死事處及原籍建專祠同州權大勝參將銜游擊同時
陳亡奉　旨優卹附祀唐宗遠祠采訪冊
鮑蘭薰候選縣丞鮑克寬候選巡檢皆壽州人從戴宗騫駐防
威海光緒三十一年正月威海失戰歿卹雲騎尉世職采訪冊